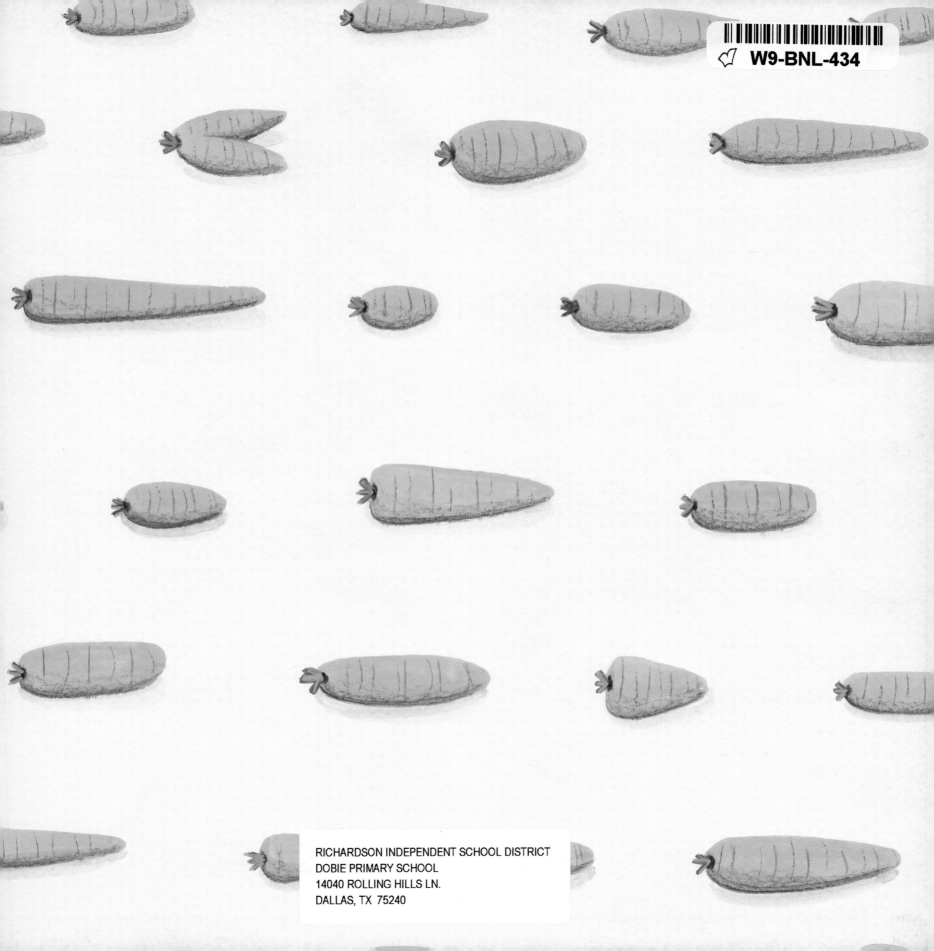

Para Polawee

Puede consultar nuestro catálogo en www.edicionesobelisco.com / www.picarona.net

¡Mía!
Texto e ilustraciones: *Susie Lee Jin*

1.ª edición: mayo de 2016

Título original: *Mine!*

Traducción: *Joana Delgado*
Maquetación: *Montse Martín*

© 2016, Susie Lee Jin
Publicado por acuerdo con Simon & Schuster, Inc.
(Reservados todos los derechos)
© 2016, Ediciones Obelisco, S. L.
(Reservados los derechos para la lengua española)

Edita: Picarona, sello infantil de Ediciones Obelisco, S. L.
Pere IV, 78 (Edif. Pedro IV) 3.ª planta, 5.ª puerta
08005 Barcelona - España
Tel. 93 309 85 25 - Fax 93 309 85 23
E-mail: picarona@picarona.net

ISBN: 978-84-16648-12-2
Depósito Legal: B-2.721-2016

Printed in China

¡MÍA!

SUSIE LEE JIN

 Picarona

Mía.

Mía.

¡Mía!

Mía.

Mía.

Mía.

¡Mía!

¡Mía!

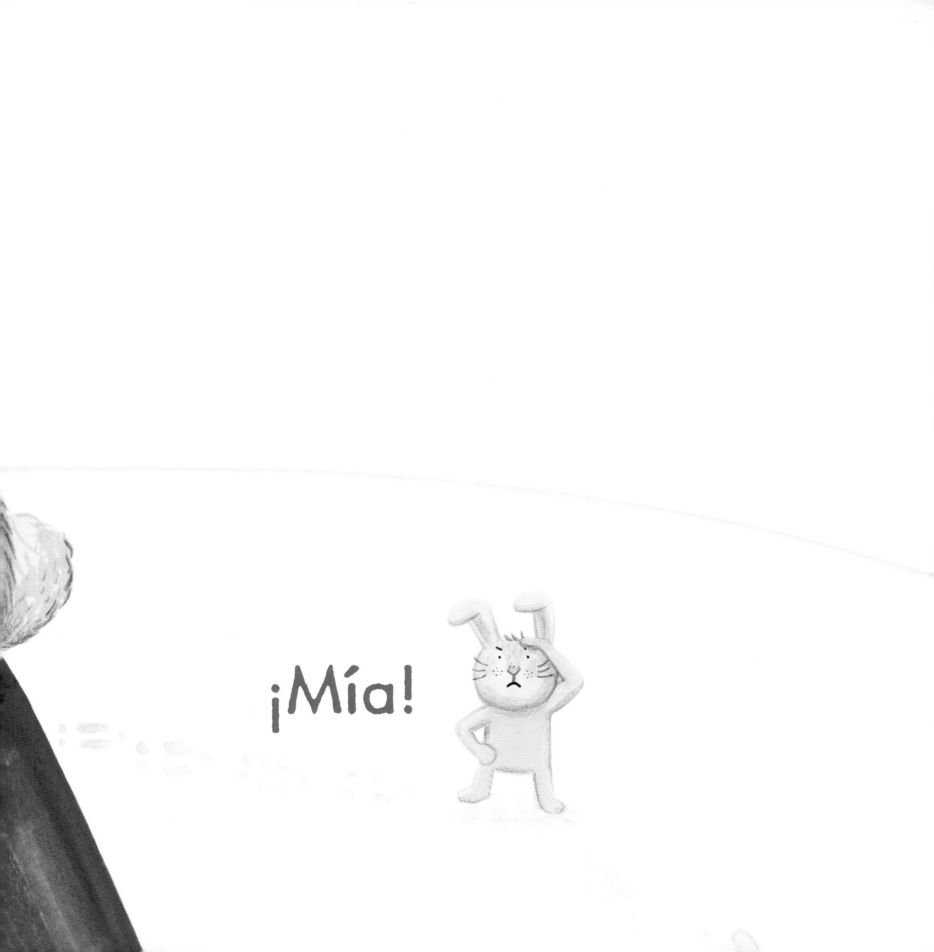

¡Mía!

¡Nuestra!

¡Mía!

Tuya.

¡NUESTRA!

Mía.